청춘, 그리고 사랑

청춘, 그리고 사랑

이예린 시집

나는 어릴 적부터 책을 좋아했다. 초등학생 시절 도서관이나, 집 책장 아래 엎드려 책을 읽으며 시간을 보내곤 했다. 처음 글을 썼을 때는 중학생이었는데, 그때 이후로는 줄곧 선생님 겸 소설가가 꿈이었다.

하지만 고등학교 진학 이후로는 문학과 멀어졌다. 그럼에도 나와 멀어지지 않은 것이 쓰기였다. 의식적으로 '글'을 쓰려고 한 건 아니었지만 하루를 기록하기 위해 일기를 적다 보니 나도 모르는 사이에 무언가를 쓰고 있었다.

그러다 학교 과제를 위해 샐린저의 《호밀밭의 파수꾼》을 읽었을 때 내가 이전에 문학을 얼마나 좋아했는지 다시 알게 되었다. 청소년과 성인 사이의 시기에 방황하고 반항하는 주인공의 모습이 나와 닮아있었다. 책 안에서 나의 모습을 발견하고 공감하고 배우는 것이 취미가 되었고 이후 더 많은 작품들을 읽어나갔다.

문학에 빠져서 그랬나, 특별한 일이 없어도 우울하다가 괜찮아지기도 하는 날의 반복이었다. 그러다 보니 어차피 언젠가는 괜찮아질 텐데 우울할 때 느끼는 감정들을 적어두고 나중에 읽으면 재밌지 않을까 하는 생각이 들었다. 감정을 기록하다 보니 긴 글보다는 짧고 함축적인 시가 순간적인 감정들을 담기 용이했고, 그래서 작은 노트를 들고 다니면서 바로바로 감정을 종이 위에 적기 시작했다. 그렇게 지금까지 써온 시가 몇십 개가 되었다. 시를 쓰면서 비유적으로 생각하다 보니 항상 작은 일에서 큰 그림을 볼 수 있게 되었다. 다시 말해, 더욱 넓은 시선으로 주변을 둘러볼 수 있게 되었다.

덕분에 청춘이 얼마나 소중한 시기인지 알게 되었다. 십 대 후반이면, 미래에 대한 고민과 기대가 많아진다. 그리고 미래에 또다시 반복될 일들의 대부분을 처음으로 겪어볼 나이다. 예컨대 사랑이나 상실 같은 거 말이다. 그것을 자각하고 있다면 청춘을 더욱 잘 활용할 수 있다. 더 많은 도전을 하고 실패도 겪으면서 좋은 교훈을 일찍 얻을 수 있다.

십 대의 끝자락에 서서 돌아보는 나의 과거는 내가 원하는 길로 잘 온 거 같으면서도 아쉬운 점이 많다. 과거로 돌아가서 인생을 바꿀 수는 없으니 지금의 십 대, 그리고 십 대일 모든 사람을 위해서 나의 이야기와 함께 '십 대에 꼭 해봐야 할 것 리스트'를 적어봤다.

십 대에 꼭 해봐야 할 것 리스트

하나. 일기 쓰기

일기를 쓰는 것은 그저 하루를 기록하는 것에서 그치지 않는다. 일기를 쓰는 것은 종이 위에 나의 생각과 고민을 두고 오는 것이다. 항상 일기를 쓰고 나면 마음이 편해지고 삶에 대한 의지가 생긴다.

일기가 도움이 되는 이유는 고민을 문자를 통해 눈으로 직접 확인하고 객관적으로 볼 수 있다는 것에 있다. 뿐만이 아니라, 나중에 일기장을 꺼내 읽다 보면 과거의 나에게 위로를 받거나 과거의 실수에서 교훈을 깨달을 수 있다. 나는 항상 친구들에게 일기를 쓰라고 제안하는데 그만큼 내 삶에 일기가 도움이 많이 되었기 때문이다.

둘. 혼자 여행하기

멀리 새로운 곳으로 떠나는 것만이 여행이 아니다. 나는 집이 아닌 다른 곳에 가서 유람하는 모든 경험이 여행이라고 생각한다. 나는 걸어 다니는 것을 매우 좋아하는데 지도와 목적지 없이 경치를 구경하면서 신호등도 건너고 하다 보면 몇 시간이 지나 있고는 한다. 특히 밤에 걸으면 자연

이 얼마나 경이로운지, 눈을 감고 느끼는 바람이 얼마나 기분 좋은지 알게 된다.

또, 혼자 여행을 다니면서 나에 대한 새로운 사실도 알게 된다. 나는 어둠에서 빛나고 있는 물체들을 좋아한다. 이를테면 달이나, 빛나는 가로등이나, 밤중 차도에 다니는 차나 신호등 같은 것 말이다.

셋. 운동하기

모순적이지만 나는 생각을 하려는 동시에 생각을 하지 않으려고 운동을 한다. 원래 걸으면서 생각 정리를 하는 편인데, 뛰면서 하면 운동도 하는 겸 생각 정리도 되니 일석이조다. 또, 어떤 때는 떠오르는 생각이 너무 많아서 회피하기 위해 운동을 할 때도 있다. 이때는 생각을 못 할 정도로 힘들게 크로스핏 같은 고강도 운동을 한다.

생각을 하냐 마냐를 떠나서 운동은 체력을 길러줄 뿐만 아니라 자존감과 자신감을 높여준다. 운동을 하면서 체중 감량을 하니 나에 대한 자존감도 높아졌다. 더 자신감 있게 사람들에게 다가가고 대화를 할 수 있게 되었다. 또, 자신의 한계를 이겨낼 수 있다는 걸 깨닫게 된다. 운동은 자기 자신과의 심리전이다. 포기하고 싶어도 견디고 목표를 이룬다면 굉장한 뿌듯함과 기쁨을 느낄 수 있다. 특히 목표가 눈에 보이면 한계에 다다라도 목표까지만은 갈 수 있겠다는 생각이 든다. 이때 느끼는 기쁨은 고통을 이겨낸 후의 성취감에서 오는 것으로 일차원적인 행복과는 수준이 다르다. 그러므로 정말 짜릿한 기쁨을 느끼고 싶다면 운동을 해보는 것이 좋다.

넷. 사진 찍기

절대로 필요 이상으로 시간 들여 소셜미디어를 위해 연출된 가식적인 사진을 찍으라는 말이 아니다. 소중한 순간을 나중에 추억할 수 있도록 남겨두라는 뜻이다. 이를테면 매미가 울고 잠자리가 날아다니던 보라색 여름밤에 빛나던 가로등을 기억할 수 있게 말이다.

아름다운 풍경 사진도 좋지만 자신과 친구들 그리고 가족의 사진을 남겨두는 것이 중요하다. 모든 것은 변화한다. 계속 변화하는 자신을 기억하기 위해 나의 모습을 기록하는 것이 좋다. 또한 친구들과 함께 추억을 남겨두어야 한다. 아무것도 아닌 일에 웃고 풋풋하던 시절의 모습을 나중에 다시 보게 되면 정말 영상이나 사진을 찍어두길 잘했구나 하는 생각이 든다. 또, 가족과의 사진도 중요하다. 필연

적으로 아기 때보다는 청소년 때, 청소년 때보다는 성인일 때, 가족들과 보내는 시간이 준다. 같이 보내는 시간이 갈수록 적어지기에 순간들을 남겨두어야 한다.

다섯. 새로운 것 해보기
◦ 새로운 스타일 시도해보기
나를 꾸밀 수 있다는 것은 생각보다 대단한 능력이다. 사소한 일로 여겨질 수도 있지만 자신이 무엇을 해야 어울리고 빛나는지를 아는 것은 멋진 일이다. 하루라도 어릴 때 자신에 대해 더 알고 있으면 좋다.

'나'를 아는 방법은 많은 것을 시도해보는 것이다. 나는 원래 옷에 관심이 많지 않았다. 그러다 문득 후드티밖에도 새로운 스타일의 옷들을 시도해보고 싶어서 처음에는 가죽 재킷을 샀다. (지금 생각해보면 그렇게 어울렸는지는 모르겠다.) 그리고 그 후로도 많은 스타일을 시도했다. 지금의 나는 무지 색의 코트나 니트 등의 클래식 패션을 좋아한다. 그리고 앞머리가 없는 긴 검은색 머리보다는 앞머리가 있는 밝은 갈색 머리가 잘 어울린다. 여러 스타일을 계속 시도해보니 어느 색이 나에게 잘 맞는지, 내가 좋아하는 스타일은 뭔지 알게 되었다. 지금의 나는 나에게 어울리는, 내가 좋아하는 나만의 스타일을 찾았다.

○ 한 번도 해보지 않은 것 해보기

일상적인 것이라도, 한 번도 해보지 않은 것이 있다. 예를 들어 뮤지컬이나 콘서트를 보러 간다거나, 사진전이나 박물관에 가는 것 말이다. 이러한 문화활동이 아니더라도 퍼즐을 맞추거나, 바닷가에 가서 물놀이를 하거나, 공원에 가서 벤치에 가만히 앉아서 불어오는 바람을 느끼는 거도 좋다. 한 번도 안 해본 것이라면 무엇이든 좋다.

이러한 것들은 아무래도 시간을 투자해야 하는 것들이다. 하지만 아무리 여유가 없어도 하루에 물 3리터 마시기 같은 건 할 수 있지 않을까? 실제로 하루에 물 3리터 마시기는 나의 2021년도 버킷리스트에 있었다. 그때 알게 된 것이 물 마시는 것도 생각보다 힘들다는 것이다. 정말 말 그대로 한 번도 안 해본 것이라면 무엇이든 좋다. 새로운 경험이라면 무조건 새롭게 느끼는 점과 배움이 있을 것이다. 내가 가장 추천하는 것은 운동이다. 운동을 하지 않는다면 시작해보는 것이 어떨까? 처음 크로스핏 박스에 갔을 때, 나는 내가 능숙히 바벨에 원판을 끼우고 있을 줄 상상조차 하지 못했다. 방에서 조용히 글 쓰는 것을 좋아하는 나에게는 정말 새로운 분야이다. 새로운 것을 통해 나의 취향을 찾고 의외의 면을 만드는 것은 자신을 더욱 매력적으로 만들 것이다.

◦ 두려움 극복하기

익숙함에서 벗어나 내가 두려워하는 것을 마주하고 그것을 극복하는 것이 중요하다. 무서웠던 것도 막상 해보면 아무것도 아닐 때가 많다. 그게 버스를 타는 거든지, 혼자 밥을 먹는 거든지 하는 사소한 일일 수 있지만 그러한 작은 두려움의 극복은 더 큰 두려움을 이겨내는 근본이 되곤 한다.

이 시집의 출판도 한 사람에게 나의 시를 공유하는 것에서 시작됐다. 처음 다른 사람에게 나의 시를 보여주었을 때 나의 시에 대한 평가와 의견이 생긴다는 것에 대한 두려움에 심장이 마구 뛰었다. 하지만 한 명에게 보여주고 나니 한 명쯤 더 보여주는 것도 괜찮을 것 같았고 그렇게 한 명, 두 명 나의 시를 공유할 수 있는 사람들이 늘었다. 사람들의 반응에 잠깐 시를 그만 쓴 적도 있지만. 그것을 극복하고 시집을 출판하게 된 나는 처음 느꼈던 두려움을 이겨내고 더욱 멋진 사람이 되었다.

여섯. 최선을 다하기

공부든, 취미든, 나의 조건에서 나에게 주어진 것에 최선을 다하면 된다. 결과 상관없이 최선을 다하는 과정에서도 얻는 것이 있을뿐더러 최선을 다한다면 주로 결과가 나쁘지 않을 것이다. 사실 학생 신분으로서는 공부에 집중하는 것이 마땅하다고 생각하는 편이다. 먼저 자신의 미래의 인생이 몰락하지 않을 거라는 보험이 있어야 다른 것도 할 수 있다. 공부가 조건이 제일 좋다. 딱히 부수적인 비용과 재능 없이도 노력만으로 모두 성공 가능한 유일한 분야이다. 만약 공부가 정 자신의 길이 아니라면 미래를 위해 미술이든 음악이든 문학이든 무조건 한 가지만이라도 자신이 몰입해서 지속적으로 할 수 있는 분야를 찾는 게 좋다.

열심히 살다 보면 내가 하는 것에 대한 의구심이 들고 주변 사람들과 비교도 어쩔 수 없이 하게 된다. 요즘 같은 미디어 시대엔 남들과 나를 비교하며 좌절하기 굉장히 쉽다. 나도 취미로 글을 쓰면서도 가끔 수많은 재능 있는 사람들을 보며 나는 아무것도 아니라는 생각이 든다. 하지만 아무리 나보다 뛰어난 사람이 많아도 기죽지 않고 나에게 집중하며 내가 하는 것에 최선을 다해야 한다. 최고가 되지는 않아도 최선을 다하는 과정에서 배우는 것도 많고, 뭐라도 해야 이루어지는 것이 있기 마련이다. '그때 했었더라면 지금은…' 하는 생각이 들지 않도록 일단 뭐든 열심히 해야 한다. 돌아보며 후회해봤자 해결되지 않는다.

일곱. 혼자 있기

삶을 살며 사람들과 교류하는 것은 매우 중요하다. 사람들과 대화하지 않는다면 사람들은 외로움에 사로잡혀 버릴 것이다. 외로움은 세상에 나를 이해해줄 만한 사람이 없다는 생각이 들게 하기 때문에 나와 비슷한 가치관을 가진 사람들과 대화하는 것이 외로움 극복에 도움이 된다. 하지만 사람들과 있을 때에도 외로울 때가 있는데, 그때는 혼자만의 시간을 가지는 게 좋다. 혼자 있을 때만 가질 수 있는 고요함과 여유로움이 있다. 공부, 일기 쓰기, 사진 찍기, 모두 혼자 해보며 나를 발전시키고 나를 알아가는 나만의 시간을 보내야 한다. 자신만의 공간과 시간을 갖고 있다면 매력적인 사람이 된다. 사람들과 모두 것을 공유하지 않고 숨기고 있는 '나'를 가지고 있을 때, 대부분 그것을 더 알고 싶어 하고 있기 때문이다. 다시 말해 너무 많이 보여주면 사람들은 흥미를 잃지만, 숨기면 더 알고 싶어 한다는 것이다. 하지만 중용이 중요하다. 한쪽에 치우치면 좋지 않다.

너무 혼자만 있는 것은 좋지 않으니 잘 조절하며 사람도
만나가면서 혼자만의 공간과 시간을 마련해야 한다.

시집을 시작하기 전

정말 꿈만 같다. 첫 소설을 썼을 때, 언젠가는 반드시 책을 출판하겠다는 생각을 가지고 있었는데 몇 년이 지난 지금, 정말로 책 출판을 앞두고 있다는 사실이 나는 너무나 놀랍다.

나는 항상 다른 사람들은 목표가 있는 경주로에서 달리고 있는데 나는 숲속에서 길 잃은 사람처럼 나가는 길만 찾고 있다는 생각을 했다. 하지만 이제는 숲속을 천천히 거닐면서 즐기고, 새로운 것도 발견하고, 다른 숲속 사람들도 만나는 삶을 살고 있다고 생각한다. 정해진 길이 없기 때문에 여전히 한 치 앞을 모르겠지만 내가 추구하는 삶의 방향이 있다면 언젠가 어딘가에 다다르지 않을까.

모든 것은 회상이다. 현재와 현실은 지나가고 모두 기억의 형태로 남는다. 그래서 간결하게 그리고 추상적으로 표현해 감정을 최대한 원상태로 옮겨놓기에 시는 과거 기록에 매우 훌륭한 수단이다. 나는 시를 쓰고, 그리운 밤에 꺼내 읽으며 행복과 깨달음과 삶을 얻는다. 청춘과 사랑, 각 열두 편의 시에 담긴 의미들이, 나의 삶이, 영원히 각인되길 바라면서, 들어가는 글을 마친다.

목차

1부

청춘

청춘이란 모든 게 새롭고 서툴 때이다. 청춘만의 열정과 패기에 따르는 실패는 대부분 만회가 가능하기 때문에 내키는 도전을 해서 멋진 사람이 되기 완벽한 시기이다. 뭐든 무모하게 시도해보고 내게 어울리는 건 뭔지, 내가 좋아하는 건 뭔지 알아내는 것이 중요하다. 하지만 많은 사람이 이 시기를 놓치고 만다. 흘러가는 대로, 주변을 보지 못하고 살다 마침내 깨달았을 때는 이미 늦었을 수 있다. 나중에는 너무나도 큰 책임이 따르고 한정된 에너지 안에서 효율만을 따지게 된다. 조금만 더 일찍 알았더라면 더 많은 것을 도전해봤을 텐데. 아직 나의 청춘이 끝나지 않았지만 이런 생각이 들곤 한다. 이래서 모두 젊음을 갈망하는구나 깨닫는다. 그래서 나는 최선을 다해 나의 청춘을 가장 밝게 빛내보려고 한다.

사람들 사이에 둘러싸여 있다 보면 내가 보잘것없어 보일 때가 많다. 너무 가까이에서 봐서 그렇다. 뭐든 한 발자국 떨어져서 볼 필요가 있다. 정답일 것 같던 선택지에서 벗어나 새로운 길을 찾아보아야 한다. 주변도 둘러보고, 한 번도 해보지 못한 경험도 해보고 두려움도 이겨내면서 자신을 찾고 세상에 대한 자신만의 견해도 확보해야 한다.

하지만 너무 멀리서 보는 것도 개인의 초라함을 부각시

킨다. 홀로 큰 세상 안에 고립되어있고 다른 사람들은 나를 이해할 수 없을 것이라는 느낌과 외로움을 안겨준다. 하지만 외로움은 삶의 일부분으로 회피할 수만은 없다. 그럴 때는 느끼는 외로움을 인정하되 혼자가 아니라는 것을 아는 것이 중요하다.

외로움을 이겨내는 또 다른 방법은 지금의 순간에 몰입하는 것이다. 기대나 두려움 없이 현재를 즐겨야 한다. 열심히 내가 지금 할 수 있는 것에 몰입하고, 그대로 즐길 수 있는 법을 배워야 한다. 이것은 세상에 대한 시야가 넓어지면서 외로움을 느끼는 청춘이라는 시기에 꼭 알아야 하는 것이다. 이러한 이유들로 나는 나의 청춘을 나누려고 한다. 나의 외로움과 빛나는 청춘을 그리고 그에 따른 나의 깨달음을.

Carpe Diem

Why try to seek the truth

When knowing the end is ruth

Happy being blinded, walking towards death

Why try to query and waste brief youth

When blind, true feelings revealed

Heart pounding, pleading to be unconcealed

Once again I pity myself and life

Accepting being alive, in front I kneeled

청춘

파란 하늘과 파란 바다
그와 닮은 나의 청춘

하늘처럼 나의 꿈, 높고 아름답다
밤이 되면 별이 뜨고 아침이면 해가 뜬다
해처럼 빛나 구름 아래 가려져 있을 때야
두 눈으로 직접 볼 수 있고
별처럼 빛나 주변 모두 어두워야 빛나고 있음을 안다.

바다처럼 나의 삶, 깊고 광활하다
아무도 모르는 깊이 있음과
동시에 표면적으로 보이는 모습 경이롭다
환히 빛나는 젊은 시절 모든 것 행복해 보이지만
아무에게 전하지 못하는 시련 또한 있다

하늘과, 바다와, 나의 청춘

시간

아, 시간
그대에게 복종하겠나이다

당신의 발 보폭 맞춰 걸을 터이니
나를 두고 가지만은 마시오

아, 야속한 님아
그대 나를 두고 떠나네

당신을 굳게 믿으니
다시 찾아와 데려가시오

도시

건물 빽빽한 도시,

사람들 사이서 걷는다

나는 점점 작아저 없어진다

초라해진 나의 모습에

다시 한번 주위를 둘러보고

먹먹해진 마음이 나를 아프게 한다

산들대는 바람 불어와

나를 감싸 달랜다

그제야 보인다

하늘

하늘을 바라보며

아름다움을 즐길수록

그에 비교되는

나의 추한 모습 떠올리며

서둘러 위로 더 위로

사람

웃고 있는 사람

울고 있는 사람

나는 외로운 사람

고독을 즐기며 고통을 느끼는 사람

사유하는 사람

용기 있는 사람

나는 깨어난 사람

죽음을 논하며 삶을 고찰하는 사람

깨달음

더 이상 돌이킬 수 없을 때

이미 선택의 길을 지나고 현재

저 멀리 나의 우유부단의 결과가 보일 때

그때야 나의 잘못을 알고

역설적이게도 깨달음은 때를 맞추지 못하니

미래를 보는 눈을 깨워 예측하나

그마저도!

마침내 깨닫게 되리

마침내,

마지막 날이 오기 직전

빛과 물체

사물을 볼 때,

그것의 실체를 보냐
그림자를 보냐 반사체를 보냐

모든 게 정답일까 아니면 모두 다 허상일까

어쩌면 밤이 되면 모든 게 사라질지도
실체만 제외하고

어쩌면 밤이 되면 더 뚜렷해질지도
실체와 더 가까워지면서

방향

어느 길이 정답인가
어쩌면 선택이 정답이 아닐 수도

새로운 마음으로 바라보면
어쩌면 모두 정답이 아닐 수도

세상이 공허한 게 아니라
내 눈이 먼 것일 수도

고독

선 위를 걸어가다 보면

줄곧 앞으로 바르게 나아가는 거 같지만

잠깐 멈추어 내가 어디에 있나 사유할 때면

마구잡이로 뒤엉킨 실이 눈앞에 나타나

목과 가슴을 조르고 조여 매어온다

가면

입에서 나오는 거짓말

순간 잃었다

나 자신을

거짓으로 이루어진 모습

이런 내가 싫었다

그래서 마음을 실었다

그때 찾았다

내 진심을

이야기

닥터마틴 컨버스 조던

지나가는 신발들
어떤 이야기를 해줄까

애인과 함께 맞춘,
장마철 비 웅덩이 풍덩 젖은,
바스락 가을 낙엽 소리 내던,
새하얀 첫눈 밟던,

지나가는 신발들
어떤 이야기를 해줄까

2부

사랑

사랑은 최고의 행복을 허락하는 동시에 그에 비하는 슬픔을 느끼게 한다. 소중함, 그리움, 집착, 질투, 고통까지 모두 사랑이다. 사랑이란 감정을 처음 제대로 자각할 때는 대부분 청춘이다. 항상 존재했던 나와 나, 사람들, 그리고 삶 사이에 흐르는 감정들을 볼 수 있게 된다.

　모든 사랑 중 자신에 대한 사랑은 가장 어려운 사랑임과 동시에 모든 사랑의 근거이다. 자신을 사랑하지 못한다면 타인에게 사랑을 나누기 어렵다. 하지만 자신을 사랑하기는 쉽지 않다. 자신을 받아들이고 나의 결점마저 나임을 인정해야 한다. 어느 대상을 사랑하게 되면 그 존재를 이루는 결점마저 완벽의 조각을 채우는 것을 보게 된다.

　때때로는 시간이 지나 감정이 잊힐 때도 있다. 하지만 감정의 망각보다 더욱 두려운 것은 감정의 왜곡이다. 기억은 항상 현실적이지 못하다. 직접적으로 교류할 때 생기는 감정과 혼자 다시 한번 생각할 때 생기는 또 다른 감정이 있다. 혼자 만들어내는 감정은 원래의 감정을 가릴 만큼 강력하다. 사랑도 외로움으로만 기억되곤 한다. 왜곡된 감정은 사람과의 관계에 영향을 준다. 그래서 감정들이 왜곡되지 않도록 온전한 상태로 기록해서 기억해야 한다.

What Must Be

Sense of true feelings from fabricated memories

Dreamy, sentimental, pretentious melody

Earnest truth

What must be known,

Blind folded love in lieu

Intact, failed words in vain of youth

What must be shown:

Unuttered love I see in you

Scent of transient moments to bewailed memories

Agony, revealed, created bitterly

사랑

자신을 알고
자신만의 판단을 내리는 순간

그제야 비로소,
인간의 삶이 시작된다

타인을 알고
두 사람의 생각이 만나는 순간

그제야 비로소,
인연의 선이 이어진다

사랑은 어디에 있는가

자신을 사랑하는 그때
그대와 내 사랑 이어주리

삶, 사람, 그리고 사랑

달콤하게 들어와

쓴맛으로 끝나는

그럼에도 멈출 수 없는

한순간의 단맛을 위해

끝을 알면서도

그럼에도 멈출 수 없는

나의 모습을 찾아내

그렇게 해서

나는 나답게

너는 너답게

잠깐 잊으며 그렇게

너

달처럼 밤마다 찾아오던 너는

다가갈 수 없음에

나를 울게 했고

파도처럼 다가오는 넌

피할 기회 주지 않고

나에게 스며들었다

바람처럼 나에게 다가오던 너는

말없이 스쳐 감에

내 생각은 했는지 궁금했지만

아무 말 할 수 없었다

민들레

너의 얼굴에 띤 미소

지켜만 봐도 괜찮아

그냥 너답게 살아줘

예쁜 모습 나에게만 보여주다
널리 퍼져 나눠줘

언젠가 다시 만날 걸 알기에

비

비 내리는 날에는
내 마음에 비가 왔고

니가 없는 날에는
내가 없었다

해가 지는 밤이면
내 마음에 너가 왔고

너와 있는 날에는
너만 있었다

눈물

생각에 잠겨 있던 날
그때마다 생각나던 넌

곁에 있어도 전할 수 없었다

전하지 못한 내 진심
눈물로 내렸다

너는 알까

너는 알까
심장 조여오는 이 느낌을

외로움이 나를 삼켜

눈물만 흐르는 나의 눈에는
항상 너의 뒷모습이 담겨

너는 알까
줄곧 너 하나를 바라보았음을

커피

비 내리는 하늘 아래
뜨거운 커피와 로미오와 줄리엣

뜨거운 커피가 식어가네

미안해
식어가는 내 마음과 로미오와 줄리엣

폐부를 찌르는 느낌

그만큼 많이 사랑했나 봐

영원한 것

이제는 내가 없어서,

모두 네가 되어서

그때 뿌렸던 향수, 함께 들었던 음악

네가 없어도 너는 영원하구나

그럼에도 정말 사랑이었나

되묻게 되더라

내가 사랑했던 것은…

그리움

흘러간다, 의미 없이

후회스러운 일은 뒤로하고
앞으로 나아간다

그러면서 그리워한다

계속 가다 보면 그 길이 또 나올까
한껏 기대를 안고

한편으로는 현실을 알고서

나아간다, 그리움과 함께

겨울 해

모르는 새에 말없이 떠나는

너는 겨울에 지는 해

나는 여름을 기다린다

다시 오랫동안 나를 봐줄 그때

그때까지는

해가 지면 두 손 모아 빈다

다음 해가 뜨길, 그리고

변하지 않길

나오며

책의 제목이 원고지의 중간 줄에 쓰인 이유가 있다. 시작과 끝 사이에 쓰인, 그리고 계속 써 내려갈 이야기, 그것이 청춘과 사랑이기 때문이다. 각 시가 모여 만들어내는 시간의 흐름은 이야기가 된다. 그리고 이 이야기들은 나의 삶을 그대로 서술해주는 듯하다.

더 이상 시는 한낱 나만을 위한 기록 수단이 아닌 사람들에게 나를 표현하는, 그리고 나의 이야기를 공유하는 수단이 되었다. 두렵다. 나의 글을 읽으며 사람들이 어떤 생각을, 어떤 평가를 할지. 하지만 이 시집 또한 나의 청춘을 이루는 도전의 일부분이고 이 경험으로 인해 더욱 많은 것을 배웠다.

나의 시를 통해 사람들이 나의 깨달음을 함께하고, 무엇보다 누구나 경험할 청춘을 더욱이 젊은 시절 깨닫고 즐길 수 있으면 좋겠다.

또한, 이 자리를 빌려 시를 쓸 수 있게 해준, 그리고 그것을 공유할 수 있도록 용기를 준 모든 분께 감사 인사를 전하고 싶다. 내 시들에, 청춘에, 그리고 삶에 한 획을 그어준 모든 분께 매우 감사드리며 시집을 마치겠다.

사
진
집

사진을 통하여 개개인의 시각을 알 수 있다. 사진을 공유하는 것은 내가 어떤 시선으로 어떤 모습의 사물을 관찰하는지 보여줌으로써 다른 사람에게 나의 시선을 부여하는 것이다. 또한 사진들을 모아 보면 자신도 모르던 자신의 모습과 분위기를 찾아낼 수 있다. 그러한 이유로 나의 사진들을 엮어 사람들과 공유하려 한다.

사진은 빛의 기록이다. 사진을 찍는 것은 순간의 빛을 필름에 새겨넣는 것이다. 이러한 필름 사진의 원리는 시의 모습과 닮았다. 카메라의 셔터가 열리는 순간 필름과 빛이 닿아 상을 그린다. 처음 새겨진 잠상은 눈에 보이지 않기 때문에 상을 현상액으로 고정시켜 사람의 눈에 보이게 한다. 현상된 필름만 있으면 언제든지 다시 인화해 사진을 종이에 그려볼 수 있다. 카메라는 셔터스피드와 조리개로 들어오는 빛의 양을 조절한다. 셔터를 장시간 열고 있으면 빛이 부족한 밤에도 빛을 기록할 수 있고 셔터스피드 외에도 조리개를 조여 빛을 덜 들어오게 하거나 열어서 최대한 빛을 확보할 수도 있다.

시 또한 비슷하다. 순간의 빛은 현재 일어나는 일들과 감정들이고, 처음에 감정들은 느껴질 뿐 눈에 보이지 않는다. 그 후 시간이 지나고 나면 없어지기 마련이다. 그래서 사진과 같이 시를 통해 감정을 기록하고 자신에게 보이게 하는 것이다. 나중에 언제든 꺼내 볼 수 있게 말이다. 또한 그 순간의 빛을 얼마나 받아들이는지, 감정을 계속 받아들일지 회피할지도 자신만이 정할 수 있다. 빛이 너무 밝아 아무리 조리개를 닫고 셔터스피드를 높여도 많은 양의 빛이 들어올 때도 있는 것처럼 내 의지가 아니게 될 때도 있지만 말이다.

요즘 같은 디지털 시대에 군이 필름을 쓰는 이유가 있다. 필름카메라는 기다림의 묘미를 알려준다. 비싼 필름 값에 셔터 한 번이 소중하다. 기다리고, 또 기다리고 완벽한 순간만을 위해 기다린다. 대개 원하는 장면이 나오기 마련이지만 놓쳐버리는 순간들도 적지 않다. 그러면서 기다림의 타이밍과 재미를 알게 된다.

기다림은 사진을 찍는 행위에서 그치지 않는다. 필름카메라는 즉각 결과물을 보지 못해 사진이 잘 찍혔는지 알 방법이 없다. 게다가 한 번 감아놓은 서른여섯 장을 모두 쓸 때까지 같은 필름을 사용해야 한다. 가끔 모든 순간을 담아놓았다고 생각한 롤에 아무것도 찍혀 있지 않을 때도 있고, 너무 오랜 시간 현상하지 못한 롤에는 기억에서 사라졌던 순간들이 기록되어있기도 하다. 뜻밖의 기쁨을 느

끼고, 뜻밖의 슬픔을 느낀다. 이러한 과정에서 필름을 통해
순간의 소중함을 깨닫는다.

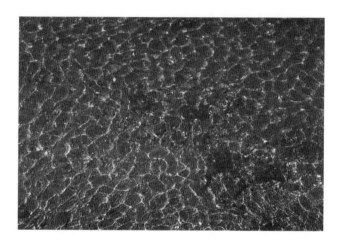

83

청춘, 그리고 사랑

초판 1쇄 발행 2023년 11월 03일

지은이 이예린
펴낸이 류태연

펴낸곳 렛츠북
주소 서울시 마포구 양화로11길 42, 3층(서교동)
등록 2015년 05월 15일 제2018-000065호
전화 070-4786-4823 I **팩스** 070-7610-2823
홈페이지 http://www.letsbook21.co.kr I **이메일** letsbook2@naver.com
블로그 https://blog.naver.com/letsbook2 I **인스타그램** @letsbook2

ISBN 979-11-6054-666-8 03810